El hombre de los pies perdidos

Gabriel Jiménez Emán

El hombre de los pies perdidos

El hombre de los pies perdidos

Gabriel Jiménez Emán

Diseño de cubierta: Tamara Peña
Maquetación: José Miguel Rodrigo
Corrección: Mar Navarro

ISBN: 84-96473-02-3
Depósito legal: B-7848-2005

Impreso en Press Line S.L.,
Sant Adrià de Besòs, España

www.thuleediciones.com

Cena

La mesa estaba preparada. Dentro de unos instantes comenzaría la cena. Sólo debían sentarse los invitados, que en cualquier momento llegarían.

Efectivamente poco después llegaron los invitados, y aquel par de enormes leones, agazapados debajo de la mesa, esperaron a que los invitados se sentaran para comenzar la gran cena.

Julietta

Cuando murió Julietta, todos se llenaron de asombro. No pudo averiguarse ni cómo ni por qué había muerto. Gente de todo el globo vino a investigar el caso; eminentes detectives dieron lo mejor de sus conocimientos, pero todo fue en vano.

Muy llenos de pesar, los familiares de Julietta hicieron las invitaciones para el entierro. Millones de personas vinieron de los seis continentes al sepelio de Julietta, muy tristes e intrigados por su muerte.

El día del entierro todos se turnaron para llevarla en hombros hasta el cementerio, y en el momento en que iban a enterrarla, Julietta salió de la urna y dijo: «Yo no he muerto», y todo el mundo se murió.

El juicio

Se encontraba en medio del tribunal, todas las miradas de los jueces clavadas negramente en él. Esperaba la sentencia.

—Lo condeno a vivir para siempre —dijo uno de los esqueletos.

Hasta el infinito

Aquel señor pensaba tanto en el infinito, que una tarde se quedó dormido y desapareció.

Los brazos de Kalym

Kalym se arrancó los brazos y los lanzó a un abismo. Al llegar a su casa, su mujer le preguntó sorprendida:

—¿Qué has hecho con tus brazos?

—Me cansé de ellos y me los arranqué —respondió Kalym.

—Tendrás que ir a buscarlos; vas a necesitarlos para el almuerzo. ¿Dónde están?

—En un abismo, muy lejos de aquí.

—¿Y cómo has hecho para arrancártelos?

—Me despegué el derecho con el izquierdo, y el izquierdo con el derecho.

—No puede ser —respondió su mujer— pues necesitabas el izquierdo para arrancarte el derecho, pero ya te lo habías arrancado.

—Ya lo sé mujer; mis brazos son algo muy extraño. Olvidemos eso por ahora y vayamos a dormir —dijo Kalym abrazando a su mujer.

Un borracho

Un borracho odiado por los demás y por sí mismo, cansado de pensar en lo inútil y lleno de un hastío que es refrenado temporalmente por una luna rara o por un viento limpio que le da en la cara, entra en un bar. Poco después pide un coñac de la mejor marca y paga con un billete que ha robado hace cuestión de media hora a un librero distraído. Reflexiona un poco acerca de su pasado, piensa en su último amor y bebe cerrando los ojos, como para olvidar. Al abrirlos, ve que todas las personas y los objetos del bar están flotando. Después se observa los pies y ve que únicamente él los tiene pegados al suelo. El mesonero se acerca y le pregunta si no desea otro coñac.

—No. Sólo quiero flotar, como todos ustedes —dice.

El mesonero ríe a carcajadas y se marcha caminando por el aire.

El borracho abre la puerta del bar y al salir a la calle se encuentra con un hombre que le dice:

—Usted me robó, ahora voy a matarlo.

Sin darle tiempo a hablar, el hombre dispara. El borracho, agarrándose la barriga, queda en el aire, flotando.

Un pez arrepentido

Frank Tor lloró tanto que se convirtió en pez. Después se arrepintió tanto de haber llorado que odió ser pez (sus lágrimas no tienen valor en las profundidades del mar), y así, de tanto llorar de ser pez, Frank Tor es hoy el único hombre pez que existe y se cree que jamás podrá ser encontrado para preguntarle por qué ha llorado tanto.

Nietseknarf

Nietseknarf cerró los ojos como en un acto de fe. Luego pasó la cuchilla y los circuitos tuvieron lugar. Poco después un hombre se paró de la camilla y echó a andar a lo largo del laboratorio, observándolo detenidamente. Vio el rostro de su creador con cierto asco y le dijo:

—Enséñame el mundo.

Nietseknarf lo tomó del brazo para llevarlo a ver la noche.

El hombre vio la noche lleno de éxtasis. Después dijo:

—Ya conozco el mundo, ahora constrúyeme una compañera.

Nietseknarf movió la cabeza negativamente. El hombre, con gran severidad, volvió a proponérselo, pero Nietseknarf volvió a negarse.

—Si no lo haces, te quito la vida —amenazó el hombre.

Nietseknarf, seguro de que el hombre cumpliría aquella amenaza, agarró un bisturí y se lo clavó en el pecho. El hombre rodó por el suelo, envuelto en sangre.

Nietseknarf se dirigió al laboratorio y, recostado en la cama, lloró largamente.

Señora de manos muy hermosas

Una vez un joven le dijo a una mujer:

—Señora, tiene usted las manos muy hermosas.

—Siempre lo han sido para jóvenes de ojos tan hermosos como los suyos —respondió ella.

—Sin sus manos mis ojos no serían hermosos.

—Y sin sus ojos mis manos no serían hermosas. ¿Ha visto alguna vez sus manos?

—Antes de tener los ojos ausentes, advertía en ellas cierta hermosura —dijo él—. Y usted, ¿se ha mirado a los ojos?

—Nunca los tuve —dijo ella—. Pero jamás han existido manos tan hermosas como las mías.

Y así finalizó aquel diálogo de ciegos.

Un gato se pasea

Un gato se pasea en una noche de luna por los tejados de un vecindario sombrío. Ningún ruido se escucha; sólo los ojos del gato centellean de vez en cuando entre las sombras, sonando en la memoria de un hombre pálido que ahora se acerca por el centro de la calle más solitaria del lugar, tratando de agarrarse a un recuerdo que sea capaz de liberarlo de una angustia sin explicación, hundida en una embriaguez cerrada, circular.

El gato se pasea moviendo el rabo como una culebra encantada, lanzando tristísimos maullidos que llaman la atención del hombre, el cual ha levantado ahora el rostro desde lo más profundo de una tormenta. Ha puesto sus ojos en los ojos del gato. El gato, que ha estado preparando toda la escena, salta sobre él.

Atrás se ve la luna, pálida y lejana.

Vacaciones en Zontla

Si una mujer de ojos pálidos llega a Zontla de vacaciones, los temporadistas concurren a su residencia con el objeto de mirarla. Es harto difícil verla, pues se hace acompañar de cuatro fornidos guardianes.

Los temporadistas adinerados pagan buenas sumas a los guardianes para observarla a escondidas. Aunque el secreto aparentemente reside en los ojos, las cantidades suben cuando está desnuda en la cama. Si en ese momento ella mueve los párpados hacia la izquierda, los temporadistas se van atolondrados haciendo y diciendo cosas incoherentes. Hubo un millonario de Nueva Jessica que dijo: «Futu coseti milis colos», y un ganadero del Japón que comenzó a comer tierra y a dar saltos como una rana.

Los guardianes elevan los precios cuando las vacaciones están por terminar. En ese tiempo aumenta la palidez de los ojos de la mujer y los temporadistas pobres se sienten muy tristes. Uno de ellos, desesperado, logró cierta vez pasar a duras penas hasta la habitación. Ella estaba desnuda, sentada entre cojines color púrpura, con una lámpara de vidrio en las manos, desde la cual salía una luz que le bañaba los ojos. Fue tal la impresión que causó aquella imagen en el hombre, que no pudo contener un grito de placer que se escuchó por toda Zontla. Los guardianes corrieron a la habitación y lo azotaron de forma tan brutal delante de la mujer, que ésta cayó desvanecida al suelo.

La mayoría de los entendidos atribuye a este hecho la desaparición del pueblo de Zontla.

Lucía, las amapolas y el sol

Todas las mañanas, Lucía sale desnuda a abrir la puerta que da al gran patio de amapolas, se acaricia levemente el cabello y respira el aire del jardín. Permanece observando el sol mientras su atención no se desvíe hacia algún pájaro, hacia alguna mariposa perdida que intente confusión en flor. Su mente está clara, blanca, perdida entre otros vientos. Sus movimientos son signos del desdoblamiento del aire, del rescate de fugaces instantes. Lucía abre las ráfagas. Lucía se acaricia. El cabello. El cabello amarillo. Muy suave. Le cae por los senos frescos. Se abre y termina en los dedos de ella. Dedos preparados para la próxima caricia. Lucía mira los pájaros. Lucía piensa en camellos de otros mundos comiendo amapolas, sus amapolas. Lucía ha olvidado la existencia del sol y cierra los ojos. Lucía cierra los ojos y olvida su nombre. Lucía está esplendorosamente perdida, porque ahora no es Lucía, sino ella, sólo ella, ahí, delante de una puerta que se mueve, delante de un gran patio de amapolas.

La casa estaba ahí, es cierto, hecha para ella, para que todas sus puertas se abrieran a las amapolas y al sol. Lucía también estaba allí, es cierto, parada delante de sí misma, en la búsqueda de las nuevas esencias. Todo construido con pedazos de hermoso fuego. Todo levantado desde los otros nombres, porque esa Lucía de quien hablamos jamás ha estado delante de un jardín lleno de pájaros o mariposas, nunca ha tenido una amapola entre sus manos. Esa Lucía es sólo el otro nombre de la Lucía que escribe, de la Lucía que fluye desde el fondo de lo que nunca ha sido. Y es ella, la prisionera de sus propias palabras, la que ahora deambula por ahí, entre las callejuelas oscuras, buscando una posible puerta que dé al sol.

El señor Scott mira un pájaro en el espejo

Un pájaro con aires de príncipe se paró en la cabeza del señor Scott. El señor Scott en esos momentos estaba parado delante de un espejo y, ante la increíble belleza del pájaro, quedó inmóvil.

El pájaro no reflejaba (en el espejo) intenciones de irse, así que él no quiso romper con el encanto.

Mientras más se observaba en el espejo, al señor Scott le fueron subiendo al corazón unas inmensas ganas de amar. «El pájaro (pensó él) siente en estos momentos la fuerza de mi amor. Voy a hablarle.»

Cuando el señor Scott abrió la boca, el pájaro dio dos hermosos aletazos y levantó el pico, como buscando cantar. Scott no se creyó capaz de soportar tal emoción.

Pero el pájaro no cantó. Entonces el señor Scott tuvo la idea más inteligente de todas: atraparlo. Estar con él significaba darle validez a la vida. Levantó el brazo derecho cuidadosamente, pero en el sitio del pájaro sólo había un interminable, un desconcertante vacío.

Ahora el espejo no reflejaba la imagen del pájaro, y el señor Scott prefirió pensar que todo aquello era el producto de su imaginación.

Al pensarlo se dio vuelta y sintió que las alas de un pájaro levantaban el vuelo para siempre.

Desde una ventana

A veces, cuando ya no me animo a vivir, siento que un pájaro, al cual le salen patas de la cabeza, comienza a darme picotazos para que me asome a la ventana.

Una vez en la ventana, desde la cual no se ve más que un árbol pelado que levanta los brazos inútilmente, la cabeza empieza a dolerme y siento repentinamente una enorme náusea. Después vomito una mezcla verdosa cuyo hedor exquisito llena la atmósfera de mi cuarto y me levanta en un gas de éxtasis.

Ya el pájaro no se ve, porque ahora lo que vuela es un puñado de patas con garras afiladas que se detienen a rasgar y a despedazar todas las cortinas.

El pájaro decide al fin rasgarme la espalda hasta desangrármela; la sangre se empelota automáticamente y, junto a la mezcla verdosa del vómito, el hedor exquisito ha alcanzado su límite. Caigo de bruces, sin sangre. Doy vueltas por el piso y me paro, purificado, lavado en medio de la porquería de este mundo. Abro la ventana y contemplo el árbol solitario desde cuyas ramas me gritan miles de pájaros desesperados, que arrojan sus innumerables patas hacia el centro de mis ojos.

La triste historia de Finia, una gallina enamorada

A Orlando Flores y Orlando Barreto

Una gallina rara, de esas que se alejan de las demás después de comer y se pegan a los alambres del gallinero a hacer la digestión y a reflexionar sobre su triste destino, no es conocida por todos. Cualquiera que la vea ahí, con el pico entre los alambres, susurrando una inaudible canción de amor, debe, por reglas del alma, conmoverse.

Busquémosle un nombre para identificarnos con ella: Finia, por ejemplo. Pues bien, Finia, además de ser muy hermosa y muy triste, está también muy enamorada de un gallo que oye cantar todas las mañanas, y deduce que por su canto debe de ser el gallo más amoroso y comprensivo de la tierra.

El canto del gallo le traspasa el alma y ella, encerrada en su triste y húmedo gallinero, llora sin lágrimas, pues ya sabemos que a las gallinas no les salen lágrimas por los ojos, ni siquiera cuando les tuercen el pescuezo.

Finia, al fin, fortalecida por su amor, logra pasar increíblemente por un orificio demasiado estrecho para su cuerpo, rompiéndose así las plumas, parte de la cabeza, e inutilizándose por completo una pata. Después, con el plumaje lleno de sangre, espera a que despunte el alba y aguarda el canto de su gallo; luego, guiada por su corazón y conducida por el canto más melodioso de la tierra, llega hasta el hogar de su gran gallo, poseedor de sus infinitas ilusiones. Y allí está él, con las alas extendidas al viento y al mundo, con un plumaje que podría desafiar al de los pavos reales, con el pico hacia el cielo. Y allí está ella, llorando, porque Finia es la única gallina que ha llorado, y ahora está parada ahí, al final de su vida, porque en ese momento alguien le agarra el pescuezo y se lo tuerce.

Después, el señor de la casa comentará: «Qué gallina más buena», sin saber, ahora ni nunca, que estaba llena de amor hasta los huesos.

Cecilia y Napoleón

Cecilia y Napoleón volvían a encontrarse en silencio. Habían acumulado ya otro centenar de fotografías y recuerdos de sus vidas en uno de los gigantescos estantes («algún día recordaré que en este momento estoy pasando la página de este álbum tomándola por la punta de arriba con suavidad, viéndome la uña algo comida y que la misma página tiene en uno de los bordes una salpicadura de chocolate» pensaba Cecilia). Los años seguían su marcha, y Cecilia y Napoleón continuaban en aquel proceso de recordar detalle a detalle los momentos de sus vidas, con la convicción de que era aquélla la única forma de soportar la inmensa tortura de no morir nunca, de ser eternos.

Argumento para un pueblo de verdugos

Un hombre inocente es condenado a muerte por un pueblo. El tribunal decide hacerlo decapitar, a la vista de todos.

En el momento de la ejecución, el verdugo se siente culpable y se lo dice al pueblo. El pueblo, alarmado y confuso, propone decapitar al verdugo.

De la misma forma el nuevo verdugo, en el momento de decapitar al antiguo verdugo, se siente culpable y se lo dice al pueblo.

Así, ya no parece quedar nadie más en el pueblo que se atreva a ser verdugo de verdugos inocentes.

Por fin, un hombre se ofrece voluntariamente a hacer de verdugo, y en el momento de la ejecución desvía el hacha hacia la cabeza del gobernador y lo decapita en el nombre del pueblo.

El valeroso hombre resulta ser después hermano del primer hombre inocente, que es a su vez el único verdugo culpable.

El triángulo

Si dos amantes se encuentran otra vez entre un viento de hojas secas, si la mujer está locamente enamorada de ese hombre que la besa y el hombre ama sus besos cuando ella está desnuda entre las hojas, solamente.

Cuando ella ha alcanzado lo más hondo del éxtasis, él se vuelve y se marcha sin decir palabra, y la deja más desnuda que nunca, ella cree que para siempre.

La escena se repite casi todos los días a eso de las seis y media de la tarde. Hay un hombre que observa, un hombre que ha estado persiguiendo la desnudez de esa mujer desde la infancia, mientras el amante se marcha y la desnudez de ella queda flotando encima de las hojas secas. El observador decide completar el triángulo al siguiente día.

Llega el día, llega el amante en la grisura de la tarde. La mujer aparece poco después vestida de rojo. El observador aparece y se sitúa a la misma distancia a que se encuentran los amantes. Se completa el triángulo. Los dos amantes lo miran al mismo tiempo.

El observador comienza a desnudarse.

La mujer cae, hincada.

El observador va hacia la mujer y la besa mientras la desnuda.

El amante mira al observador.

El amante es el observador.

El observador es el amante.

Si es otro el triángulo. Se escucha un viento entre las hojas secas.

Los dientes de Raquel

A Pedro Parayma

Raquel mordió una manzana, y todos sus dientes quedaron en ella. Fue a su casa con la boca sangrando a avisarle a su mamá. La mamá vino corriendo asustada a buscar los dientes de Raquel y, cuando llegó, los dientes se habían comido la manzana.

La mamá quiso recogerlos, pero los dientes se levantaron y se comieron a Raquel y a la mamá.

Después, los dientes volvieron a la boca de Raquel, quien muy hambrienta corrió a pedirle a su mamá que le comprara una manzana.

Qué aburrimiento

Yo no sabría explicar muy bien qué tengo ahora dentro del campo de los sentidos; tampoco estoy seguro de si mi alcance visual tiene correspondencia natural con los objetos y personas que tengo al frente por los momentos. Sólo de una cosa estoy seguro: me produce un hastío interminable tener que describir las situaciones que me han agobiado durante tantas horas, narrar hechos ciertamente torpes, desprovistos de esa dulzura que nos empeñamos en buscar a todo trance. Por lo menos, eso estoy haciendo ahora. Me digo: no es eso lo que ves; en el fondo hay algo que se desploma para mostrarse más limpio y más desnudo de lo que visualmente es.

Por unos instantes acepto esta premisa; veo lo que no veo, maquino el desdoblamiento de los cuerpos hacia adentro para después encajarlos en el espacio exterior, buscando con esto remediar parte de mi aburrimiento.

El ejercicio no resulta del todo tedioso, pero me causa cierto disgusto tener que practicarlo por más de una hora. Así que prefiero aceptar las cosas como son, sin profundidad alguna. Esto me reconforta enormemente, pues encuentro una doble justificación en mis actos, como si dos espejos frente a frente no terminaran nunca de mirarse.

Este tipo de reflexiones me ha conducido a aceptar que todo lo que hago es válido, aunque carezca de trascendencia histórica, trascendencia que por lo demás me importa un pepino. Estoy plenamente convencido de mi inutilidad, de mi estado parasitario; mi pasividad se ha convertido en un recurso con el cual me torturo sin querer, intento burlarme de ciertas cosas y termino encontrándoles el lado amargo, porque el mismo carácter refractario de mis sentidos vapulea incesantemente mi conciencia hasta los límites del engaño.

Como ven, no es del todo ventajosa mi situación. Por ahora he intentado mantener un estado neutral, ni de allá ni de acá, que me permita entrever el mundo de un solo fogonazo, sin complicaciones. Me pongo, pues, la mano en el mentón y observo. No puedo impedir un larguísimo bostezo después del cual los ojos se me enturbian; para solucionar el asunto me paso el dorso de la mano por las órbitas.

Allá, hacia el fondo, percibo un movimiento impreciso de figuras y sonidos que no acaban de conjugarse en una sola imagen. Sólo capto una impresión bastante vaga de sombras trashumantes y un pequeño bulto que descansa en el suelo. Hago un esfuerzo para diferenciarlo y reconozco, con el mayor de los tedios, que se trata de un perro. Sí, evidentemente es un perro negro y lanudo, bastante robusto, acostado largo a largo en medio de la calle. La gente pasa a pocos centímetros de él, de vez en cuando lo rozan sin verlo. Continúan pasando los transeúntes cada vez con mayor prisa. El perro permanece inmóvil a pesar de que el tráfago se acentúa; los ruidos crecen, crece el número de gente, crece la velocidad. Todo vuelve a confundirse en la misma masa del comienzo, hasta el punto de perder casi totalmente de vista al perro.

De cualquier modo, mi atención sigue puesta en él. Con toda calma espero el despeje de la situación ya casi convencido de que se ha ido, pero, todo lo contrario, su estado permanece inmutable. De pronto, y como para sacarme de dudas, un transeúnte tropieza bruscamente con él; tanto que casi sentí yo ese puntapié en las costillas. El transeúnte, algo sorprendido, lo mira un instante e inmediatamente sigue su camino.

El puntapié ha hecho cambiar la posición del perro. Ahora se encuentra con la nuca estirada hacia donde yo me encuentro. No alcanzo a ver si tiene los ojos abiertos o cerrados; sólo sé que su hocico me vigila.

Al instante, un muchacho pasa y se queda observándolo un buen rato. Con un palo que lleva en la mano lo toca, dando pequeños y nerviosos saltos hacia atrás. Lo punza una y otra vez, siempre con mayor fuerza, para comprobar su inmovilidad. Por último, le asesta un fuerte golpe en la nuca.

No sé qué había estado esperando para llegar a una conclusión tan estúpida: el perro está muerto. Ni siquiera me he molestado en ir a comprobarlo, pues unas desagradables moscas ya han comenzado a posarse en su cuerpo. La gente empieza a dar muestra de su asco escupiendo por encima del hombro, frunciendo el ceño o alejándose del perro lo suficiente como para que él conserve una órbita que le pertenece, la órbita de su muerte.

Dando todo por finalizado me dispongo a irme. Me paro y, lanzando el acostumbrado bostezo, doy mis espaldas al asunto.

Poco después oigo que me llaman. Es el perro, que viene caminando directamente hacia mí.

—Penosa situación la mía —me dice, sacudiéndose las moscas.

—Muy penosa —respondo—. Bastante parecida a la mía.

Después de articular un tristísimo aullido, me sonrió con cierta complicidad. Luego emprendió su camino de regreso.

El hombre de los pies perdidos

Un día un par de pies que habían perdido a su dueño entraron en un bar a tomar cerveza.

—Disculpen —dijo el portero—. Aquí no puede entrarse sin zapatos.

—Ah, es verdad —dijeron los pies y se regresaron a una zapatería. Ahí fueron muy bien atendidos: encontraron unos zapatos que les calzaron de maravilla. Entonces se dirigieron nuevamente al bar, y el portero se alegró mucho de que los pies estuviesen ahora protegidos y elegantes.

El hombre que había perdido sus pies estaba muy incómodo, pues los necesitaba para ir a tomar cerveza; era mediodía y hacía un calor terrible.

El hombre se las arregló para llegar hasta un taxi y pedirle que lo llevara hasta donde quería ir. Al llegar a la puerta del bar, el portero le dijo:

—Disculpe, señor. No se puede entrar sin pies.

—No puede hacerme esto —dijo el hombre—. Es muy difícil encontrar unos pies a esta hora.

—No lo es —respondió el empleado—. Hace poco entraron unos aquí.

—¡No me diga! —exclamó el hombre que había perdido sus pies.

—Entonces deben de ser los míos. Solemos tomar cerveza a esta misma hora. Déjeme entrar.

—No puedo —replicó el portero—. Mejor se los llamo. Espere aquí.

El portero se alejó a buscarlos, y el hombre pensó que era una gran suerte haber coincidido en aquel bar. Cuando el portero y los pies regresaron, el hombre no pudo reconocerlos, pues traían puestos unos extraños zapatos.

—¿Qué desea? —preguntaron los zapatos.

—Quiero saber si ésos son mis pies —respondió el hombre—. Los necesito para entrar al bar.

Entonces los zapatos comenzaron a desamarrar sus trenzas.

Al instante los pies estuvieron descubiertos, y con gran sorpresa el hombre vio que no eran los suyos. Los pies volvieron a calzar sus zapatos y, muy contentos de no pertenecer a nadie, regresaron al bar.

El hombre aún no ha podido tomarse esa cerveza.

Los peligrosos ojos de una señora

Una señora tenía los ojos tan bellos que le daba miedo mirar. Si esa señora llegaba, por ejemplo, a una fiesta, sus ojos se apoderaban de todo lo que dormía en los pechos de los hombres, y las demás mujeres quedaban fulminadas por la envidia. Si ella miraba una puerta, digamos, ésta hablaba a los presentes con el lenguaje de sus ojos, y ya no era posible mirarla de otro modo.

La señora duraba casi todo el día en su casa para no provocar disturbios en corazones ajenos. Cuando salía, procuraba esconder los ojos bajo grandes sombreros, mirando hacia el suelo o evitando mirar directamente a quien hablaba. Esto surtía efecto sólo parcialmente, pues el interlocutor siempre percibía algún destello y sentía que algo lo turbaba, no sabía qué. Cuando esto ocurría ella los cerraba y argumentaba cosas como: «Perdone, me ha caído en el ojo una basurita».

La señora era también hermosa, aunque no tanto como sus ojos. De haber sido así, los efectos hubiesen sido catastróficos; poseía más bien una belleza recatada, subterránea, despojada de sensualidad.

Tenía algo más de treinta años cuando se separó del único hombre en su vida, pues él no podía soportar los continuos ataques de celos. El día en que se vieron por última vez, ella lo miró con tanta nostalgia que él sufrió un fortísimo ataque de angustia y murió al poco tiempo. Esto la afectó en demasía y decidió no volver a casarse.

La señora sufría de cierto grado de miopía. Su oculista —el único hombre que nunca había exteriorizado nada hacia sus ojos, y el único con quien ella se sentía tranquila— se hincó una vez llorando a sus pies, rogándole que se casara con él. Entre sollozos, confesó haberla hecho famosa en el mundo de la optometría, y le dijo que su último libro acerca de la ciencia de la visión —un volumen de unas cuatrocientas páginas— estaba dedicado exclusivamente al estudio de sus ojos. Ella se marchó desilusionada, derramando algunas lágrimas. Salía del consultorio enjugándose los ojos cuando un hombre la vio y cayó ipso facto a sus pies, profiriendo extrañas exclamaciones. Esto la angustió aún más y comenzó a llorar a lo largo de la calle, sin poder contener los sollozos. Mucha gente se le acercó para preguntarle qué le ocurría y ella sólo contestó con sollozos, levantando de vez en cuando la cabeza para ahuyentar con las ráfagas de su mirada a los molestos curiosos.

Es innecesario decir que la señora casi nunca se miraba al espejo, tratando de evitar el autohechizo u otras aberraciones, pero cuando llegó a su casa aún sollozando, y después de haber llorado lo suficiente, se miró al espejo. Tenía los párpados hinchados.

Vio su imagen muy difusa al principio, pero después se fue aclarando, y la señora vio al fin sus resplandecientes ojos. Buscó en ellos las razones de su extrema belleza, pero éstas eran interminables: reflejos multiplicándose en un túnel brillante, haciendo crecer las preguntas. Estuvo tanto rato delante del espejo que al apartarse de él sus ojos quedaron presos al otro lado, y desde entonces la vigilan.

Los sueños de Oropéndola

Oropéndola se acostó y soñó que iba caminando y de pronto alguien le agarraba los cabellos y se los cortaba. Se despertó muy asustada y fue a verse al espejo para estar segura de que efectivamente era un sueño. Por fortuna nada había sucedido, y ahora podía verse su pelo lacio y negro.

A la noche siguiente se acostó y soñó que iba volando y miraba desde arriba a la gente, saludaba a los amigos, a los desconocidos, saludaba a todos con enorme alegría y los demás le decían adiós asombrados. Siguió volando y desde lejos vio a una muchacha con el pelo muy parecido al de ella. Disminuyó la altura y la velocidad, sacó unas tijeras del escote y cortó el pelo de la muchacha. En el momento en que las tijeras segaban aquel pelo se acordó de que ya había soñado eso, que entonces ella misma se había cortado los cabellos en otro sueño y despertó inmediatamente, fue al espejo, se miró (no sabía por qué antes de mirarse al espejo no se los tocaba primero) y sus cabellos estaban intactos, lacios y hermosos como siempre.

Oropéndola nunca había salido de su casa, y ahí se pasaba el tiempo pintando, preparando la comida, arreglando las cosas o en largos períodos de ensoñación. Abría la ventana y suspiraba, dormía, se bañaba, volvía a abrir la ventana, volvía a suspirar, y así hasta quedar en una suspensión ilusoria.

Pero ocurrió que después de aquellos sueños en donde se cortaba el cabello no volvió a soñar más; pasaban los días y Oropéndola despertaba con la memoria vacía, todo el poder de su imaginación reducido a los menesteres de la casa; odiaba tener que pintar o abrir la ventana para mirar el mismo paisaje. Intentó todos los procedimientos para recuperar el recuerdo de sus sueños, pero ninguno dio resultado. Desde entonces Oropéndola decidió peinarse todo el día, entretenerse con su pelo, se peinaba en las tardes y en las madrugadas, se peinaba dormida. Intentaba infinitos peinados, e infinitas caras veía en el espejo que ahora comenzaba a odiar. Y un día pensó que había dado con la solución, me cortaré el maldito pelo, dijo, y agarró las tijeras y ahí mismo comenzó a despedazar su hermoso cabello negro. Después se fue a la ventana y, sin tomar ningún impulso, voló.

El lagarto

Era una pareja muy trabajadora. Se levantaban muy temprano para ir a sus labores y siempre regresaban cansados al mediodía, como regresaban millones de personas a esa misma hora de todos los trabajos del mundo.

Llevaban años haciendo lo mismo y, aunque se querían mucho, la rutina les deterioraba a veces el amor.

Cuando ella no regresaba a la hora acostumbrada, él se sentía nervioso; y cuando él se tardaba una o dos horas más a ella le invadía una angustia sin raíces, una inquietud que no era precisamente miedo a perderlo, celos u otro pensamiento impuro, sino algo así como un enigmático desasosiego.

Eran muy ordenados. Las cosas estaban siempre en su sitio, y se ponían tensos cuando los objetos cambiaban de lugar, olvidando que ellos mismos lo hacían sin darse cuenta, como corresponde a toda imperfección humana.

En esos días y por razones imprecisas, habían comenzado a tardarse más. La misma intranquilidad los hacía demorarse sin querer. En el escritorio, allá en su trabajo, él pensaba hoy debo salir más temprano para llegar a tiempo; y ella me escaparé media hora antes argumentando algo; pero no, siempre ocurría algún contratiempo que ninguno de los dos se atrevía a explicarle al otro, por temor a que pareciera una mentira. A veces él no llegaba, pensando que ella tampoco estaba y se quedaba charlando con los amigos en un bar de donde salía ebrio, ya muy tarde. Llegaba a la casa y la encontraba sola. La cama vacía, el sofá vacío, la cocina vacía.

Cuando al fin se encontraban, casi no hablaban, y en los días en que por casualidad coincidían llegando a casa, se saludaban con un beso muy frío y sin mirarse directamente a la cara. Entraban, sonreían sin querer. El orden de los objetos estaba tan alterado, que comenzaron a sentir desprecio por todo lo que habían acumulado en aquellos años de rutina. Las cosas comenzaron a empolvarse, todo era pálido. Los dos pensaron que lo mejor sería huir, pero era imposible: todavía se amaban. Un día, por fin, él dijo:

—Abandonaré el trabajo.

—¿El trabajo? ¿Por qué? —preguntó ella.

—No sé —contestó él—. No me siento bien.

—Debes ir a un médico.

—No se trata de médicos. Es un mal de otra clase.

—¿De qué clase? ¿De qué se trata? ¿Cómo puedo ayudarte?

—No mientas —dijo él—. Tú sabes qué me ocurre.

Ella permaneció en silencio un rato. Pensó que algo muy parecido le sucedía a ella, pero no se atrevió a revelarlo.

—Ven a acostarte —dijo ella—. Necesitas descansar. Ven al cuarto.

—El cuarto —dijo él—. Eso es lo que necesito. El cuarto.

Se acostó y se durmió. Ella cerró la puerta, y mientras él dormía ella reflexionaba acerca de qué sería lo mejor para remediar la situación. Transcurrieron varios días. Él salió del cuarto diciendo.

—No es nada. Ya pasó.

—¡Gracias a Dios! —exclamó ella—. Yo sabía que no era nada. ¿Volverás al trabajo?

—No —respondió él—. Debo permanecer en el cuarto.

—Sí, debes tomarte el tiempo necesario para restablecerte —dijo ella visiblemente alegre.

Mientras tanto, él vivía en el cuarto leyendo, escuchando música y comiendo frutas, lanzando semillas por todas partes. Hacía ejercicios, se estiraba, bostezaba, comía frutas, volvía a hacer ejercicios. Ella desesperaba.

—¿Qué haces? —preguntaba.

—¿No lo ves? Hago ejercicios, me encanta hacer ejercicios.

Y se doblaba, encogía los músculos, estiraba los brazos. Para que ella no molestara mucho, él cerraba la puerta. Ella preguntaba desde afuera:

—¿Qué haces?

Y él:

—Ejercicios.

Una vez a él se le olvidó asegurar la puerta por dentro y ella lo sorprendió completamente enrollado sobre sí mismo, estirando desmesuradamente la cabeza. Ella gritó. Él se desenrolló rápidamente y tiró la puerta. Ella gritaba sin parar. Los alaridos sacudían la casa, eran chillidos de histeria que traspasaban las paredes. Al fin la puerta comenzaba a abrirse.

Apareció un inmenso lagarto que la mujer miró con los ojos desorbitados.

—Ven —dijo el lagarto poniendo una de sus frías patas en la cabeza de ella—. Necesitas descansar.

El coletazo

Un hombre va al mercado a buscar un pescado. El pescadero se lo da, el hombre se lo agradece y se va. El pescadero lo llama, exigiéndole el pago. El hombre le dice que no tiene dinero, y el pescadero le dice que cómo va a llevarse un pescado sin pagar. El hombre lo mira, lo mira fijamente con una mirada descansada, que no exige siquiera comprensión a su necesidad. El pescadero también lo mira y parece reconocer en ese hombre algo de lo que él fue años atrás, que ha pasado por situaciones muy semejantes a las de él antes de establecer su negocio de pescadería y le dice:

—Amigo puede usted llevarse el pescado.

En ese momento el pescado da un coletazo en la bolsa y los dos hombres se sorprenden.

—¿Cómo puede suceder esto si ese pescado ha permanecido dos días en el refrigerador?

—¿Entonces me ha dado usted un pescado viejo, que puede hacerme daño?

—Amigo, aún se lo estoy dando y le busca defectos.

—Eso no tiene nada que ver, yo vine aquí a llevarme un pescado y lo hubiera hecho aun cuando usted no me lo hubiese dado, aunque hubiera usted llamado a la policía y todo eso. Pero ya no tiene que preocuparse, el pescado ha dado un coletazo y eso quiere decir que está bien fresco.

—Señor, no me importa ya si se lo di o no, lo que me asombra es el comportamiento del pescado.

El hombre le vuelve a responder lo mismo, el pescadero lo mismo, y así siguen hasta que la situación llega a un punto límite, que debe resolverse de otro modo: con un grito del hombre al pescadero, un grito fuerte, un insulto. El pescadero responde con una palabra obscena, que genera la mutua decisión de los golpes.

En ese momento llega un policía y pregunta qué ocurre, y los dos hombres se desconciertan. Ninguno de los dos sabe explicarle la situación al policía. Sólo al hombre que lleva el pescado se le ocurre decir:

—Mire, es por este pescado que está dando coletazos en esta bolsa.

El policía mira dentro de la bolsa y dice:

—Mire, este pescado no está dando coletazos.

—Pero si hace unos momentos los estaba dando —responde el pescadero.

—Sí, es verdad, yo también lo vi —dice el hombre que lo lleva.

—No sean estúpidos —dice el agente—, nadie puede pelearse porque un pescado esté o no dando coletazos en una bolsa.

—Es verdad, señor —dice el pescadero—, este hombre y yo somos viejos amigos, y hemos discutido por una tontería.

—Bien, entonces dejen de armar escándalo.

El hombre del pescado se aleja, el policía se marcha sonriendo y el pescadero sigue arreglando sus pescados y atendiendo a otros clientes. El hombre que había ido al mercado llega a su casa, saca el pescado de la bolsa, y antes de freírlo para comerlo ve que el pescado está quieto, muy quieto, y que apenas ha movido el ojo antes de ser puesto en la sartén.

Inundación

Una mañana, la mujer de Tesalio lo despertó para decirle:

—Mi amor, estamos inundados.

—No importa —respondió Tesalio entre dientes, dando vueltas en la cama y sin abrir los ojos—, sacamos el agua y asunto arreglado.

—Es imposible —replicó ella—, estamos en el mar.

—Ah, entiendo —dijo Tesalio.

Y se ahogaron.

Perseguidor invisible

La mujer baja del autobús y cruza lentamente la plaza. Por lo general hay palomas y cuando algunas vuelan, ella sonríe.

Así empieza la escena que se repite casi todos los días cuando ella se dirige al trabajo, y el hombre piensa que la mujer que él más desea cruzará otra vez la plaza y él no tendrá valor para decirle algo o llamar su atención.

Día tras día ha seguido la trayectoria de la mujer (ella nunca se percata de que es vigilada), desde que desciende del bus, cruza la plaza, hace volar las palomas, se dirige hacia la misma esquina y atraviesa la calle Real, camina por la calle Junín (deteniéndose de vez en cuando en alguna vidriera) y baja por la avenida en medio de la cual se detendrá a tomar un café o un desayuno frugal. Ahí intercambiará unas palabras con el dueño del café o con los amigos habituales (palabras que el hombre envidia siempre compartir); después ella sigue hasta el final de la avenida y entra al edificio donde trabaja.

Hasta aquí llega la realidad

Después el hombre imagina las más disímiles situaciones, que varían mucho de lugar o de hora, pero al final de todas estará él esperándola: la recibirá con un abrazo, un beso, o tomándola de la mano. Ella está decididamente enamorada.

Pero estos sueños pronto se esfuman.

En otro de esos días en los cuales él espera verla entrar de nuevo al edificio donde trabaja, ella inesperadamente decide no hacerlo; sigue calle abajo, y la alegría producida en el hombre sobrepasa cualquier adjetivo.

La mujer aligera el paso, él la sigue nerviosamente. Ella se apresura cada vez más, sin mirar hacia atrás, y sube a un autobús. Él toma un taxi y ordena al chofer mantenerse siempre detrás del bus. El calor y la angustia casi lo hacen delirar. Su timidez se convierte ahora en un animalejo amorfo que va mordiendo pedazos de su conciencia. Los ojos le brillan y el animalejo continúa devorando capas y capas de una materia pegajosa que se escurre desde un borde de su mente.

El bus al fin se detiene y la mujer desciende. Él baja del taxi y la sigue. Atraviesa una avenida grande que le es muy familiar al hombre, pues está muy cerca del barrio donde él vive solo hace años. Ella cruza otras dos calles (siempre sin mirar hacia atrás), y finalmente llega al barrio. El hombre es atrapado por un miedo filoso. Ella camina por la calle donde él vive, se detiene frente al viejo edificio donde está el departamento que el hombre ocupa. Sube las escaleras del edificio. Saca unas llaves de la cartera y abre la puerta de un departamento que el perseguidor no conoce. Adentro está un hombre sentado en una butaca.

La mujer entra y el hombre dice:

—Llegas tarde, y luces nerviosa. ¿Qué te pasa?

—Nada, no me sucede nada —responde ella con frescura.

—Mientes. Ese hombre te ha estado siguiendo de nuevo.

—¿Qué hombre? ¿De qué hablas?

—Abre la puerta y te convencerás —dice el hombre de la butaca.

—Está detrás de ella espiándonos.

La mujer abre la puerta. No puede ver a nadie, pero el perseguidor invisible y el hombre de la butaca se miran y comprenden.

El secuestro

Un empresario es secuestrado. Los raptores exigen inmediatamente el precio para dejarlo libre. Lo de siempre: unos cuantos millones. El secuestrado les confiesa que han escogido un mal momento para capturarlo: en esos días su empresa se acaba de ir a la bancarrota. Los secuestradores dicen no creer esa patraña, e insisten en sacarle algo. Lo torturan un poco, pero ven en su rostro una expresión de tanta sinceridad que deciden hacer una investigación: descubren que el hombre dice la verdad.

Aun así, le dicen que su esposa puede conseguir dinero prestado con amistades de las altas esferas sociales. El hombre les dice que su esposa e hija lo abandonaron hace varios meses, y que está completamente derrotado. Ellos argumentan que algún afecto guardará su mujer para él, y él les confiesa que hasta por su hija es odiado, ha vivido equivocado toda su vida, y quiere morir.

Los raptores se confunden. Lo mantienen encerrado

un tiempo; esperan las noticias de la prensa y se cercioran de la veracidad de las confesiones del hombre.

Días más tarde el secuestrado se entera de que los hombres secuestran por razones políticas, conversa con ellos y les pide lo dejen luchar junto a su causa. Los secuestradores acceden, aunque con cierta reserva. Mientras tanto, la ex mujer del empresario es atacada por fuertes remordimientos de conciencia, y acuerda públicamente entregar la suma convenida. Los secuestradores se alientan mucho con esta decisión, e incluso proponen al empresario que olvide el pacto que ha hecho con ellos y salve su vida, pues llegan a pensar que él lo hace sólo por desvarío o frustración. Pero el hombre está firmemente convencido de sus ideas políticas, y sabiendo que ese dinero es necesario para la causa, acepta ser canjeado. En la transacción, la policía logra despistar a los secuestradores: les tienden una trampa y van cercándolos poco a poco, hasta que los atrapan. Son ametrallados y masacrados.

Poco después el antiguo empresario declara públicamente pertenecer a esa organización política, a pesar de los insistentes consejos de amigos y familiares. Entonces es hecho preso.

La primera noche de cárcel sueña que va caminando solo por un puente muy largo; ve que los extremos del puente dan uno a un vacío sordo y hediondo, y el otro a una penumbra donde a relampagazos se ven tigres, escritorios que estallan, una fogata hecha con billetes, mujeres de vísceras colgantes que cruzan oficinas. Se ve atrapado, se detiene a mitad del puente y se lanza.

A la mañana siguiente es encontrado muerto en su celda.

El cuadro en el estanque

Entró dormida al cuarto. Se sentó en la cama y comenzó a quitarse los zapatos mientras miraba el cuadro que representaba a una mujer acostada a orillas de un estanque. La mujer tenía los ojos cerrados, y no se sabía si solamente tenía los ojos cerrados. A su lado había grama, florecillas e insectos grandes. Detrás del estanque se dibujaba un bosque no muy frondoso, que dejaba ver a través de su delgado ramaje unas colinas azuladas. Después de quitarse los zapatos dio un giro hacia la izquierda. La cama no emitió ningún sonido; apenas parecía que hubiese recibido un cuerpo. Como estaba muy cansada, no se quitó el vestido inmediatamente, sino que esperó a relajarse más; después, lentamente, empezó a desabotonarlo. En cierto momento el viento movió los pliegues del vestido. Las sábanas también se movieron, y las florecillas rozaron sus pies cuando justamente había comenzado a cerrar los ojos. Pero el cielo estaba claro y el viento insistía en refrescar las aguas, incitándola a despertarse. Los insectos caminaron, las florecillas dejaron caer pequeñas gotas en sus pies descalzos, y entonces sí se abrieron sus ojos. Pero la cama estaba muy blanda y esto, unido a la monotonía del techo del cuarto, casi la obligó a cerrar los ojos de nuevo. Sin embargo no los cerró sin antes terminar de desabotonarse el vestido. Esto la relajó más, por lo que pensó en incorporarse para desvestirse; pero antes suspiró levemente, se estiró, abrió los ojos, mientras una de sus manos se movía cerca del estanque. Después esa misma mano bajó hasta que sus dedos rozaron la superficie del agua, hecho por el cual se percató del pequeño descuido de haberse quedado dormida en una zona tan transitada. Se sentó para incorporarse y recogió los zapatos que había dejado sobre la hierba antes de haber ido a descansar. Mientras se los colocaba y miraba el estanque, vio que el cuadro se desprendía de la pared.

Última carta de Ambrose Bierce

Ésta es la última carta que te escribo. No porque quiera, sino porque materialmente no puedo hacerte otra. La tinta está cara, lo sé, y tampoco ahora fabrican los lápices que me gustan. Ya no hay cuadernos como los de antes, muy anchos y de páginas blancas y suaves. Las estampillas han subido mucho, pero de cualquier modo ahora no las necesito, ni siquiera un sobre para meter la carta cuando esté terminada, porque en verdad ahora lo urgente es el tiempo, se acaba el tiempo y todavía no he empezado a escribir todas las cosas que debo decirte, aunque me exijo un enorme esfuerzo para mover las manos y sacarme el lápiz y el papel que llevo en los bolsillos.

Me cuesta solamente intentarlo, pero todo estará recompensado sabiendo que leerás mi carta como si fuese la primera misiva de amor que te envié desde aquella ciudad remota cuyo nombre olvidé; además en este instante todo se me borra en la memoria debido a la escasez del aire y a cierta incomodidad que no debiera representar un problema en un momento tan importante para nosotros como éste.

También me apena molestarte porque debes ser tú la que debes venir a buscar la carta, pues a mí me da vergüenza presentarme con esta corbata y este traje negro que no me pertenecen. Perdóname, desde el comienzo no he hecho nada más que lamentarme y hay tantas otras cosas en las cuales no es justo culparte de nada, pero has debido fijarte bien, cuando me viste en la cama no estaba muerto sino dormido, y delante de ti me taparon y metieron en este ataúd donde me cuesta mucho escribirte porque no hay luz y es bastante incómodo gritar en esta posición y sin el aire suficiente para rogarte que me saques de aquí.

El drama de Lesbos

Le gustaban tanto las mujeres que decidió cambiar de sexo. Y una vez lo hubo logrado, se dio cuenta de que hubiese podido tener relaciones con ellas sin necesidad de haberse operado, es decir, siendo simplemente una lesbiana. De modo que se sometió a una nueva operación para volver a ser mujer. Pero vio que las mujeres no le hacían el menor caso, incluso en ambientes de libertinaje donde no existía ese tipo de inhibiciones.

Una vez una amiga le dijo:

—Mira, lo que sucede es que aún conservas parte del hombre que eras antes, y las mujeres te rechazan.

Entonces tuvo que volver a ser hombre, pero conformándose con buscar en las mujeres solamente aquello que una mujer como él podía brindarles.

El hombre invisible

Aquel hombre era invisible, pero nadie se percató de ello.

Los 1.001 cuentos de 1 línea

A Luis Britto García

Quiso escribir los 1.001 cuentos de 1 línea, pero sólo le salió uno.

Mis pantalones sin mí

Siempre estoy solo, y sin embargo siempre estoy con mis pantalones. Y no como pudiera estarlo con cualquiera de las otras prendas que llevo encima, sino porque al mirarlos colgados anoche, vi en ellos algo de tanta abrumadora soledad, que no observaría ninguna diferencia si a ellos se les ocurriera meditar sobre mí cuando me echo a dormitar en la cama.

Mis pantalones casi nunca tienen nada en los bolsillos, y cuando lo tienen, quiero decir, cuando están colgados y lo tienen, siento que algo pesa en mí. Saco entonces esos objetos y los coloco sobre la mesa para sentirme aliviado.

Cuando me pongo mis pantalones, la situación no es la misma. Yo los llevo a donde quiero, y eso no debería ser así, pues ellos descansan de una manera más verdadera que yo, y tienen derecho a construir una vida más verdadera que la mía. Sus bolsillos, por ejemplo, no son los míos. Ni su tela es la piel de mi carne. Y su caminar es más dulce que el mío. Los llevo porque fueron sacados de un animal más noble que yo, y porque en las vidrieras ellos me miran antes que yo a ellos. Ellos escogen mi vida.

A veces, cuando en las madrugadas voy a tomar agua y los veo remojarse o los veo recién exprimidos sobre las cuerdas, siento algo que me impide tomarme el agua. Los acompaño un rato, miro con ellos la noche, y a veces hasta hablo sólo para que ellos oigan las palabras que nunca he pronunciado delante de ninguna persona. Si logro pasar una noche tranquilo, es porque he compartido con ellos algo que nunca habré de compartir conmigo.

La brevedad

Me convenzo ahora de que la brevedad es una entelequia cuando leo una línea y me parece más larga que mi propia vida, y cuando después leo una novela y me parece más breve que la muerte.

El idiota

Cuando el sabio señaló la luna, el idiota se quedó mirando el dedo del sabio, y vio que se trataba del índice. Era un dedo arrugado, envuelto en una epidermis desgastada, cuyo tejido anterior se hacía tan fino que el espesor de la sangre, fragmentado en pequeños puntos rojos, se dividía a su vez en forma de tabique debido a las líneas irregulares que en grupos de cinco separaban las falanginas de las falangetas. Por la parte posterior, en la superficie de los nudillos, estas líneas eran más numerosas y parecían nervaduras de hoja, pues el sabio era tan viejo que la piel del nudillo era un pellejo de consistencia inerte, y hasta tenía ciertas marcas de los mordiscos leves que el sabio le había dado en los momentos de reflexión.

En los demás dedos del sabio había ciertos vellos, que el idiota apenas conseguía registrar con el ojo, tal era su concentración en el índice, distinto de aquéllos por ser lampiño, con los poros más grandes y de una uña más pronunciada, curva y de una pátina tenue de amarillo. Su superficie se adivinaba casi tan lisa como la de un cristal, y brillaba. El contorno de la cutícula estaba perfectamente dibujado; no había en su línea cóncava ni el más mínimo desprendimiento. El nacimiento de la próxima uña, blanco y puntiagudo, formaba con la cutícula un óvalo que el sabio miraba a veces, encontrando en él una especie de centro universal cuyo significado desconocía. Se detuvo por fin el idiota en la parte superior de la uña, que coincidía exactamente con el nivel de la yema, y cuyo borde se inclinaba hacia abajo. Allí el idiota vio, perfectamente reflejada y redonda, a la luna.

La oreja de H

H se levantó tarde esa mañana de septiembre, y fue al baño a afeitarse. Al mirarse al espejo sintió que algo le faltaba, pero no pudo precisar qué. Más tarde, cuando ya había pasado la hoja de afeitar varias veces sobre la piel, se dio cuenta: le faltaba una oreja.

Primero sintió deseos de gritar, y los contuvo. Luego intentó tocarse la parte afectada, pero los nervios no lo dejaron. Se mantuvo perplejo unos minutos, sin saber qué hacer. Finalmente decidió terminar de afeitarse; se secó, se puso loción y dio la espalda al espejo, no sin antes mirar el sitio donde debía estar su oreja.

—Tengo que encontrarla —pensó—. La necesito para oír.

H era un hombre miope, y cuando fue a colocarse los anteojos para buscar la oreja, se dio cuenta de que no podían sostenerse. Era bastante incómodo tener que agarrar el bastoncito de los lentes mientras miraba debajo de los muebles y las mesas, detrás de las cortinas, bajo las camas y las alfombras.

La oreja no aparecía. Ya los anteojos de H habían recorrido todos los rincones de la casa, se asomaban por pequeñas rendijas donde era absurdo buscar una oreja. Así transcurrió toda la mañana, y H ni siquiera llamó al trabajo a avisar que no iba.

Los ojos le dolían de tanto imaginarse orejas en todos lados. Los nervios ya comenzaban a alterársele y se recostó, aunque no pudo dormir. De vez en cuando se paraba y se veía al espejo tratando de engañarse, intentando pensar que era un sueño, pero el espejo volvía a reproducir la realidad. Sin embargo, pudo descansar un poco. Despertó en la tarde algo mareado, y llamó a la oficina a excusarse por no haber ido. Después bebió té, leyó algo, trató de olvidar la oreja y evitó los espejos.

Al caer la noche, H ya estaba casi acostumbrado a su situación. No sentía ningún dolor, y poco después descubrió que oía perfectamente, incluso mejor. Escuchó música varias horas, y le alegró oír con tanta claridad y profundidad las notas, las cuales se combinaban dentro de su cabeza produciéndole un deleite que jamás había experimentado. Sintió tanto disfrute que hasta llegó a pensar que lo mejor era desprenderse de la otra oreja, para obtener así un mejor clímax auditivo. Poco a poco fue descubriendo los pequeños goces que le proporcionaba la ausencia de su oreja: oía las conversaciones de los vecinos con sólo pegar la cabeza a las paredes; podía escuchar a voluntad el sonido de cualquier cuerpo y objeto siempre y cuando pudiera verlos; al hablar por teléfono su oído podía percibir (a su medida, pues estaba en capacidad de regular la potencia de su audición como si se tratara de un radio receptor) las conversaciones en cualquier lugar de una casa.

Poseía además la ventaja de que su oído tenía límites (estimó que hasta diez veces más de lo normal, pero esta aproximación era muy vaga), y esto no le ocasionaba preocupaciones de infinitud o desproporciones peligrosas. También descubrió que su oído normal lo ayudaba a neutralizar la excesiva potencia del otro; más bien representaba un complemento.

Estos hallazgos le hicieron disipar un poco el sentido del tiempo. Tenía ya varios días sin ir al trabajo, cuando se dio cuenta de que corría peligro de perder el empleo. Entonces se apresuró a llamar.

Habló con M, un compañero de oficina que se alegró mucho de volverlo a oír, después de tantos días. Luego de algunos saludos de rigor, H y M tuvieron la siguiente conversación:

M: —¿Dónde habías estado? Te hemos llamado varias veces a tu casa, pero nadie responde el teléfono.

H: —Tuve que desconectarlo. No me he estado sintiendo bien estos días, y no quería más molestias.

M: —¿Por qué no habías avisado? Aquí todos estábamos preocupados por tu ausencia.

H: —Después te explico. Esta misma tarde iré a la oficina.

M: —Está bien, hasta luego.

H: —Hasta luego.

(Mientras esta conversación se produjo, H oyó los comentarios de los demás compañeros de trabajo, todos referentes a su alarmante ausencia, al incumplimiento de los deberes y a la irresponsabilidad de alguien que como él siempre avisaba de antemano cualquier problema.)

H no había salido de la casa ni ido al trabajo porque le apenaba su apariencia. Además no podía soportar las preguntas, los interminables cuestionarios que comúnmente son generados por cualquier accidente. Y como en este caso tampoco había ninguna respuesta lógica, la situación se tornaba aún más embarazosa. ¿Cómo iba a explicar la desaparición de una oreja y una recuperación tan pronta? Tarde o temprano alguien habría ido a saber de él y, allí en su casa, todo el asunto hubiese resultado peor. Pero de algún modo tenía que salir. Se armó de todas sus fuerzas para vencer la timidez, y al fin lo hizo.

Cruzó rápidamente la calle subiendo el cuello de su sobretodo, ocultando la cabeza y evadiendo cualquier saludo de los vecinos. Mientras caminaba (los ruidos de la ciudad estimulaban demasiado su oído) pensó la decisión final: renunciaría al empleo, no contestaría a ninguna pregunta en la oficina, y le encargaría a un abogado los últimos trámites del caso.

Efectivamente poco después llegó a la oficina. Preguntaron:

—¿Dónde estabas?

—¿Por qué no habías venido?

—¿Qué te había sucedido?

Sin hacer caso de las preguntas caminó directamente a su escritorio, a buscar unas carpetas y las últimas pertenencias que allí guardaba. Cuando abrió la primera gaveta vio que ahí, confundida entre papeles, libros y lápices, estaba la oreja perdida.

Mi poema lírico

Estoy, al fin, delante de una de mis buscadas utopías: escribir un poema lírico. Ya he trabajado por largos años, como un asno, para comprar esta casa, luego de haber vendido todos los apartamentos que debí soportar. Pero ya estoy aquí, en mi casa que yo mismo diseñé e hice construir con la ayuda de dos amigos, un arquitecto y un ingeniero, que en feliz unión hicieron posible este sueño.

Abajo, en el jardín, mis hijos retozan con el perro. Mi mujer lee al borde de la piscina en este sábado espléndido, mientras la cocinera prepara el asado, cuyos olores exquisitos ya han comenzado a hacerme agua la boca. El trabajo de jardinería está perfectamente hecho y la camioneta nueva está segura en el garaje, lista a procurarnos mañana domingo un día de playa, donde nos hundiremos felices en las olas, comeremos a la sombra de los cocoteros y luego regresaremos aquí.

Ahora estoy disfrutando del aire fresco que entra por

la ventana de mi estudio, y de una vista dominada por un verde trozo de El Ávila. Dudo de si debo telefonear de nuevo a mi amante antes de iniciar el proyecto del poema. Ayer, por cierto, me vi con ella en un hotel y me adueñé de sus hermosos y jóvenes frutos sexuales, y fuimos luego a un restorán a seguir saciando nuestro apetito. Luego estuve aquí en la noche, a tiempo para satisfacer a mi mujer. Ella se conserva tan bien y me ofrece el mejor de los lechos. Estoy en mi plenitud, debo confesarlo, ya sin preocupaciones económicas, domésticas o sentimentales.

Sólo me falta completar una cosa: mi obra intelectual. Ya muchos críticos literarios advirtieron, hace años, mis claras dotes de narrador, que fueron luego interrumpidas por mis múltiples responsabilidades.

He logrado organizar una estupenda biblioteca, mi real orgullo. Dispongo de un moderno procesador, de resmas de hojas, de cuadernos que esperan estar llenos de mis palabras. El ímpetu de que disponía para escribir una novela y sendos volúmenes de relatos pueden ser encauzados a través de poemas certeros, que expresen con toda la fuerza de su síntesis la paradoja del existir humano, el dolor y el amor.

Aquí estoy ante mi utopía: escribir mi poema lírico. Un poema que no termina de llegar, un poema que espero cada sábado en esta misma ventana, pero nada sale de mi lápiz, de mi bolígrafo, de mi pluma o del tecleo del procesador: nada, mi deseo será siempre esta utopía que se desposa a las lágrimas, estas malditas lágrimas de impotencia que no me permiten decir ni una sola palabra fiel, digna, transparente, que exprese el inacabable vacío de mi vida.

Al otro lado del muelle

El hombre y su padre se dirigieron al muelle. Una vez en él, cruzaron un pequeño puente de madera y se detuvieron en su extremo. Muy cerca del puente había una islita como acurrucada entre una corriente de mar y unas palmeras que daban sombra a un grupo de gaviotas. El hombre miraba hacia el norte y su padre hacia el sur. Llegado un momento, el hombre le preguntó a su padre:

—Papá, ¿éste era el muelle donde tú me traías de niño?

El padre asintió.

El hombre volvió a inspeccionar el ambiente, respirando hondo y observando vagamente hacia el horizonte. Después, y sin mirar a su padre, le hizo otra pregunta.

—Y esta pequeña isla, ¿era la isla donde yo solía venir contigo a jugar a los piratas y a pescar por las noches?

—Sí, hijo —respondió el padre con un gesto de orgullosa nostalgia.

—¿Y ha cambiado mucho su aspecto desde entonces?

—No, en casi nada. En verdad, parece la misma isla de hace más de treinta años.

El hombre le sonrió a su padre, como agradeciéndole aquella respuesta. Luego se desprendió de los zapatos y de la franela y se lanzó al agua.

El padre vio a su hijo cruzar la corriente y llegar a la isla, dar unos pasos y alejarse entre unos arbustos.

Minutos después, el hombre salió de los arbustos hasta la playa y se lanzó al agua, en dirección al muelle. Atravesó la corriente con fuertes brazadas, y cuando llegó al muelle, allí estaba esperándolo su pequeño hijo de cinco años, que gritaba con alegría mientras su padre se acercaba.

El hombre tomó al niño en sus brazos, y desde ahí ambos pudieron ver, en el centro de la isla, a la figura del abuelo del niño, el padre del hombre que les saludaba con la mano, y luego les daba la espalda para emprender, ahora sí, el viaje definitivo.

Fetiches

Tiene en su habitación una colección de afiches de mujeres desnudas y fotos de revistas eróticas donde ejemplares femeninos lucen sus figuras en posiciones excitantes. Una vez que se ha saciado en su onanismo, se ha bañado y arreglado, sale a trabajar en la oficina, donde mira tímidamente a las mujeres de allí y a otras que llegan, muchas de ellas jóvenes, hermosas y algunas insinuantes. No se atreve a acercarse a ninguna, pues no puede superar su excesiva timidez. Aun cuando en un par de ocasiones ha estado a punto de decidirse a manifestar abiertamente sus sentimientos, no lo ha logrado. Pero algún día lo conseguirá, esto es lo que piensa, mientras se dirige a su casa por la noche, y una vez en su habitación, Susana se lo promete a sí misma una y otra vez delante del gran afiche de Marilyn, su gran diosa.

La gran jaqueca

Cecilia no soportaba la cabeza. Le dolía arriba y abajo, los ojos, la garganta, las sienes, la parte del cráneo, a veces los oídos y hasta el cuero cabelludo le dolían. Todos los calmantes, tratamientos, operaciones, no daban resultado. Migrañas, jaquecas y neuralgias la atormentaban día y noche, y Cecilia decidió quitarse la vida. Como no tenía el valor para hacerlo, prefirió que se la quitaran y así le harían un gran favor.

Así ocurrió. Los amigos la despidieron con un veneno de rápido efecto, y que no le causó ningún dolor. El día del entierro, el demonio, que se presentó al sepelio disfrazado de doliente, le comentó a uno de los asistentes, al oído y a espaldas de los familiares de Cecilia, que habían cometido un error: antes de ser sepultada tenía que haber sido decapitada.

El viejo Félix

El viejo Félix se sentaba en la esquina —en toda la orilla del gran escalón—, se quitaba el sombrero para rascarse la cabeza y miraba hacia las colinas lejanas del valle azul de Yaracuy. Era su manera de descansar luego de la faena diaria de trabajo, ayudando a mi abuelo en el negocio de los cambures pasados. Él era quien los transportaba del mercado a la casa en una carretilla. Graciosa era la manera que tenía el viejo de ladearse el sombrero y sonreír de lado y de caminar para la izquierda. El viejo Félix vivía de lado, veía el mundo al sesgo por las rendijas de sus ojos, y quizá ésa era la clave de su personalidad. Mascaba su chimó, y se empinaba de vez en cuando su carterita de aguardiente. Todo él era un gran olor a cambur pasado, hojas aromáticas de tabasca, bayrum y frutas añejas. Hablaba con una sonrisita cantora, y cuando algo le hacía mucha gracia, se asfixiaba con la risa y tosía.

Un día un viejo más viejo que él le contó un cuento

cómico de su infancia que hizo reír al viejo Félix hasta pararle la respiración. Se puso rojo, tosió y se atragantó con la risa. Luego comenzó a derramar una saliva de varios colores, un hilillo de saliva rojo, verde, amarillo y azul. El cauce de la flema corrió por la avenida y al final llegó al jardín de una casa, por donde trepó a un árbol, poniendo el tronco y las hojas de un color turquesa muy bonito.

Los pulmones del viejo Félix no dieron más. Tosió por última vez y de su garganta salió un gran caramelo con olor a frutas, que rápidamente se fue derritiendo en el patio con el fuerte sol de Yaracuy. El cuerpo del viejo se fue desinflando, hasta que de él sólo quedaron en la tierra los calzones, la franela y las alpargatas, medio tapados con el viejo sombrero oloroso a cambur pasado.

Pequeño cielo

Cuando muera, no quiero ir a un cielo grande, de extensión inmensa y promesas cumplidas. No me engaño al saber que lo merezco: he sido bueno, he sacrificado mi vida por los demás y nunca he hecho mal a nadie, ni siquiera por olvido u omisión. He sido fiel a mi mujer y he creído en el Señor hoy, antes y después, por encima de todo creo en el Señor Todopoderoso, y en que alguno de mi familia ha de seguirme.

Por todo ello, pido cuando muera ir a un cielo pequeño, privado, donde vuelva a encontrarme con mi padre y mi madre, y ver cómo ellos se besan y aman, y entonces yo vuelva a estar en el vientre de mi madre, chupando con fruición el pequeño cielo de mi dedo pulgar.

El método deductivo

Al abrir el periódico, vio que el asesino le apuntaba desde la foto. Lo cerró rápido, antes de que la bala pudiera alcanzarle en la frente. Dejó el periódico a su lado, todavía humeante.

Crónica de Gregorio Estévez

«Al despertar, Gregorio Asmas se vio convertido en un monstruoso insecto.» Gregorio Estévez terminaba de leer el libro de Akfak. Al cerrarlo tuvo la sensación de que aquél no era el libro. Lo abrió y se cercioró de algo más grave: éste no era su autor. Gregorio Estévez se dirigió entonces a su cuarto, limpió sus patas y siguió devorando poco a poco las sobras de comida, cerciorándose luego de que hojeaba las páginas del libro equivocado.

Amor natural

Obsesionado en llevar una vida sana y en contacto armonioso con la naturaleza, Arturo se hartó un buen día de la existencia frenética de la gran ciudad, que ya le había llevado a los límites de la exasperación. Así que vendió su departamento, su automóvil, dejó su empleo en el Ministerio, y con ese capital se instaló en un pueblo de los Andes donde la tranquilidad, el aire limpio y las maneras sosegadas de la gente se ofrecían como tablas de salvación.

Al principio todo lucía amable; poco a poco comenzaron a aparecer inconvenientes, que fueron subsanándose. Arturo debió armarse de enorme paciencia para instalarse en la casita, y luego para solucionar rencillas y trampas, trucos que creía era imposible fuesen practicados por aquella gente sencilla. Le costó, asimismo, acostumbrarse al silencio de las noches, un silencio excesivo donde cualquier pequeño sonido se convertía en un ruido inquietante.

Arturo hablaba de un modo que no captaban bien las gentes del campo, e hizo un esfuerzo enorme para adaptarse a las pausas y maneras ladinas de pronunciar de los andinos. Sin embargo, lo consiguió. Acondicionó su rustica vivienda y la equipó, se dedicó a sembrar la tierra y compró un carro usado. No le iba mal, no le iba del todo bien, como suele ser la realidad.

Algunas mujeres le miraban con picardía. Con una de ellas había cruzado un día algunas palabras. Le gustaba, era verdad, pero ya se presentaría una oportunidad de acercársele. Mirando televisión, leyendo o escuchando música por las noches lograba distraerse. Pensaba a ratos en Viviana: así se llamaba la muchacha.

Un día en que abonaba su terreno, Arturo vio a la chica y se le acercó. La invitó a dar un paseo, luego a comer. Entonces comenzó a frecuentar a Viviana fuera de casa, y aquello no gustaba a los padres de la chica. Ella le manifestó su desagrado a Arturo por esta situación, agregando en el comentario que sus padres le resultaban insoportables, y que deseaba estar con él solamente. Un tanto turbado por esa afirmación, fue entrando en el ámbito de Viviana y progresivamente enamorándose de ella, hasta que un día le hizo el amor en el césped de un prado, junto al río. Alcanzado ese grado de intimidad, decidió unirse a ella. Ella aceptó, pero con las respectivas reservas hacia sus padres. No le dijo nada a Arturo, aunque sí sabía la razón. Un hombre amigo de su padre la pretendía desde hacía tiempo. Fue el mismo que caminó una noche estrellada y silenciosa hasta la casa de Arturo, y cuando éste abrió la puerta, el hombre le dio un certero y perfecto machetazo en el cuello que ni siquiera le dio tiempo a Arturo de experimentar ningún dolor. Le enterraron en la cristiana paz de los campos andinos, y todos los años el nuevo matrimonio, que vive en la antigua casita de Arturo, le lleva flores a la tumba, en el cementerio municipal.

Los labios de Diana

Los labios de Diana tenían el don de besar embrujando. Mas aquel don pronto se convirtió en un grave problema para ella al descubrir que el embrujo no desaparecía, y hasta se volvía obsesión en los otros. Incluso los niños —que son o parecen inocentes— quedaban hechizados con los tiernos besos de aquellos labios. Observando cómo las personas eran presas de melancolías, estados de alelamiento, pasividad, abulia y otras condiciones depresivas o inconscientes, Diana evitó los besos.

Pero un día se enamoró. Le explicó a Tomás, su pretendiente, que no podía besarle debido al extraño embrujo de sus labios. Le comentó las historias antes sucedidas.

—Pero ¿cómo vamos a amarnos sin besarnos? —le repetía Tomás.

Él estaba tan enamorado que decidió arriesgarse a caer en el fatal embrujo. Así se lo hizo saber a Diana.

—No puedo hacerte eso —respondió ella—. No puedo embrujarte y embobarte como a los otros.

—¿Por qué no? —dijo él—. Yo lo estoy haciendo de manera consciente, y lo deseo así de todo corazón.

—Me niego, Tomás.

—Entonces renunciaré a ti. No puedo amarte a medias.

Diana, temerosa de perder para siempre a Tomás, aceptó. Acordaron el beso en un hermoso jardín, a las cinco de la tarde. Llegó el día en que una fresca brisa los acariciaba. Diana presentía el aliento de su boca, la caricia de sus labios, su lengua, sus dientes, su paladar, de toda ella para entregarse en aquel beso a Tomás. Y Tomás quiso estar a la par. Unieron sus bocas en el beso, que duró unos siete minutos. Embelesados, separaron sus labios. Diana vio la reacción de su novio.

En efecto, Tomás comenzó a palidecer y se sentó en el viejo tronco de un árbol caído. Sus ojos se tornaron vidriosos y su mandíbula se abrió. Luego se tendió sobre la grama del jardín. Diana vio cuando el semblante de su prometido empezó a ponerse lívido y sus facciones a adquirir rasgos desencajados, extraños para ella. Tomás no logró hablar más ni reconocerla a ella en adelante.

Diana no pudo soportarlo. Fue hasta su habitación, se sentó frente al espejo y besó a su propia imagen en los labios largamente, hasta que fue perdiendo fuerza, desvaneciéndose y quedando sin vida en la tibia alfombra de su cuarto.

Juan Coronel, lector

La única manera que halló Juan Coronel de asegurar la pervivencia de su ser fue escribiendo y leyendo. La escritura literaria le brindaba la posibilidad de ser y crear, pero la lectura le colmaba aún más: le ayudaba a apreciar la vida y el sueño de los otros para hacerlos suyos. De este modo leer para él se convirtió en todo: en amar, crear, ser y, sobre todo, en una manera de alejarse de la futilidad del mundo y de demostrar su desdén hacia él. Así, los libros fueron ocupando un espacio físico importante en su pequeño departamento, y un lugar enorme en su mente y su tiempo.

De este modo, Juan Coronel sustituyó el roce cotidiano con las cosas y seres por el mundo de los libros. A medida que avanzaba en edad, no solamente la lectura, sino el propio peso específico de los libros en cuanto objetos (su organización en la biblioteca al lado de apuntes, cuadernos de notas y fichas) se convirtieron en la máscara perfecta de sus ausencias reales: los hijos que no pudo tener, los padres idos, la mujer que no pudo amar. Consiguió, sin embargo, profesionalizar su pasión y vivir como corrector, asesor, editor o profesor de lengua y literatura por largos años, hasta llegar a viejo. A medida que se adentraba en las páginas amarillentas y vetustas —donde encontraba antiguos comentarios suyos anotados al margen del las páginas— su vista fue mermando considerablemente, hasta que un día se halló completamente ciego.

Vivió entonces del recuerdo de lo que había leído, y cuando la memoria comenzó a fallarle para atraer con precisión versos, fragmentos, ideas, imágenes o personajes, entonces empezó a acordarse de la vida real que había llevado antes del fatal accidente donde había perdido a toda su familia. En unos breves instantes de aquel día, y buscando borrar aquel abominable recuerdo, Juan Coronel apuró su fin cuanto pudo, logrando así morir feliz.

El Hombrespejo

Después de una mañana pesada, el Hombrespejo se dirigió al parque, compró el periódico y se sentó en la grama a descansar. Hojeó el diario un rato, sin leerlo, tocó la hierba y algunas hojas secas; oyó el canto de los pajaritos. Recostado al pie de un árbol, se quedó dormido unos minutos. Algunos de aquellos pajaritos se pararon en su hombro derecho y, al comenzar a moverse, se vieron reflejados en la cara del Hombrespejo, y cuando éste despertó los pájaros volaron y él sonrió con cierta esperanza. Su embarazosa condición de reflejar las cosas del mundo ahuyentaba con frecuencia sus escasos ratos de felicidad.

Había trabajado en varios circos, pero su figura ya casi no impresionaba a nadie. La gente mas bien rechazaba saber que el Hombrespejo carecía de personalidad, lo cual le llevó a dejar el mundo del circo.

También estuvo empleado en varios locales nocturnos, donde los showmen hacían bromas con él. Casi siempre se retiraba a la barra, donde comenzaba a beber, a veces en exceso. En uno de esos locales conoció a una prostituta de ojos grises que le hacía compañía por momentos, cuando no había demasiado trabajo en el dancing bar.

—Tus ojos tienen cierta candidez dolorosa —le dijo una noche el Hombrespejo a la prostituta de los ojos grises—. Son los ojos más bellos que he visto.

La prostituta lo miró con enorme deseo y esa misma noche se fueron a un cuarto de hotel a hacer el amor. Nunca el Hombrespejo había experimentado un placer como el de aquella vez. Fueron de nuevo al bar. Fumaron, bebieron, bailaron. El Hombrespejo vertía los tragos en forma de cascada desde el vaso dentro de la superficie pulida de su rostro, y aquello era para los presentes un gran espectáculo. También las bocanadas de humo salían desde aquel fondo cristalino que reflejaba las luces del bar, las luces de neón que alegraban la pista donde ahora bailaban y se acariciaban. La prostituta de los ojos grises estaba enternecida por estar haciendo tan feliz a aquel hombre.

Comenzaron a salir, a compartir los bombones y los crepúsculos, las películas y los almuerzos. Aquello era una cosa que valía la pena, una cosa verdadera. Pero la felicidad nunca es completa, siempre es efímera y huidiza.

De pronto a la prostituta de los ojos grises no se la vio más por allí. Todos esperaron su regreso: el dueño del dancing bar, los clientes y por supuesto el Hombrespejo. Pero ella no apareció. Entonces el Hombrespejo se marchó del bar; no podía soportar que ella se hubiese ido sin siquiera despedirse, sin dejarle un saludo o una nota. Durante un tiempo, prefirió empleos donde no pudiese ser visto, haciendo cosas tan disímiles como las de vigilante nocturno en la morgue o encargándose de la limpieza de un convento. En este último empleo fue muy bien tratado por las monjas, pero también vivió la desgraciada felicidad de verse atraído por una de ellas, la cual a su vez parecía corresponderle. Se llamaba Adriana y había sufrido mucho por tener una boca demasiado sensual, que hacía perder el control de hombres de todas las edades, y hasta de algunas mujeres.

Cuando el Hombrespejo vio la boca de Adriana por primera vez, la parte izquierda de su cara vidriosa se fracturó, y quedó desde entonces así. Ni siquiera los ojos grises de la prostituta desaparecida habían causado tal impacto en sus sentidos. La situación empeoró cuando Adriana se despidió de él con un beso inocente. Imaginando la cantidad de conflictos que se aproximaban, el Hombrespejo resolvió abandonar su nuevo empleo. Inesperadamente Adriana le dijo una tarde:

—Me gusta tu rostro que refleja las cosas del mundo. A veces se parece al rostro de Dios.

—Mi rostro carece de profundidad, madre Adriana —le respondió él—. No expresa nada mío, no refleja nada de lo que yo siento, sino de lo que sienten los demás.

—Eso no es verdad —le respondió ella—. Yo veo en él muchas cosas suyas, por ejemplo, la fuerza de su amor a Dios.

—No estoy aquí por amor a Dios, madre. Yo sólo hago la limpieza —respondió torpemente el Hombrespejo.

Con esta respuesta, la monja Adriana quedó desilusionada. Se dirigió a su habitación y se encerró allí, a llorar casi toda la tarde. El Hombrespejo insistió en verla, pero ella no abrió la puerta. Al día siguiente se la topó en uno de los corredores del convento.

—Sé que la he decepcionado —atinó a decirle—. Sólo vine a despedirme.

La boca de la monja Adriana lucía tan desmedidamente sensual con el sufrimiento, que el Hombrespejo se sintió confundido. No podía distinguir entre la sensualidad y el amor, entre el respeto, los sentimientos nobles y los sentimientos bajos. Se despidió de ella y descendió rápidamente las escaleras que iban a dar a un jardín. Al llegar ahí se sentó bajo un naranjo. Los pajaritos cantaban y se posaban en sus hombros. La Madre Superiora lo notó triste y fue a ofrecerle una taza de café caliente y a entregarle el dinero ganado por su trabajo, que él no aceptó.

Después de su estadía en el convento, el Hombrespejo soportó los trabajos más humillantes, y ya no pudo más. Comenzó a pedir limosna, y un día uno de los amigos suyos del dancing bar lo reconoció y lo invitó a su casa. El Hombrespejo le estuvo contando sus penurias mientras el amigo, tratando de sacarlo del abatimiento, puso música, sirvió vino y cocinó una deliciosa cena. El Hombrespejo se fue alegrando progresivamente, hablaba de cosas bellas y reía. Su risa nerviosa comenzó a inquietar al amigo. De todos modos fueron entrando cada vez más en el calor de una conversación festiva, donde se percibían los destellos de la alegría de vivir. A medida que esta alegría se producía, el amigo fue presenciando el fenómeno más curioso de cuantos hubiesen podido ocurrir ante sus ojos: al Hombrespejo le fueron apareciendo los rasgos de la cara. Justo en el momento en que esto ocurría, el amigo se lo hizo saber. Incrédulo, el Hombrespejo se palpó el rostro para encontrar allí su nariz, sus ojos y su boca, su cabello y sus orejas. Y los ojos, ante todo los ojos con que vio claramente cómo el resto de su cuerpo iba adoptando la forma brillante del azogue.

En línea

Su permanente necesidad de usar el teléfono le llevó del inalámbrico al radio-contacto, y de éste al celular, y de éste a otro celular más liviano y pequeño, y de ahí a otro modelo que no fuese necesario pulsar o sostener en la mano. Puesto que ya no le hacía falta hablar personalmente con nadie se hizo un implante telefónico cerebral que lo mantiene todo el día hablando consigo mismo en la sala del psiquiátrico.

Diálogo en un bar

—La vida no tiene sentido.

—De acuerdo: no lo tiene.

—Entonces, ¿para qué vivimos?

—Vivimos sólo para eso: para vivir, no hay más nada.

—O quizá para morir.

—No, eso es otra cosa. La muerte es independiente.

—Mientras vivimos vamos muriendo. Eso lo sabe todo el mundo.

—Pero no nos damos cuenta.

—Sólo cuando estamos viejos nos parece que es así, aunque ya sea tarde. No necesitamos ese consuelo porque ya hemos vivido.

—Por eso te digo: la vida no tiene sentido.

—Eso no puedo contradecirlo. Aunque lo dices con cierto tono fatalista.

—¿Fatalista yo?

—Sí. Hablas como si la vida tuviera que poseer un sentido. ¿Sentido de qué?, me pregunto.

—Pues de crear, de amar, de tener hijos... qué sé yo.

—Eso es otra cosa. Son cosas sin sentido también.

—Ahora el que suenas fatalista eres tú.

—Tal vez. Aunque nadie puede considerarme un escéptico.

—Ahora sí parece que estamos entrando en asuntos filosóficos.

—A lo mejor ése sea el mejor sentido de la vida: el de notar su sinsentido.

—No, eso me parece una paradoja fácil.

—Sí, una paradoja, pero no fácil.

—Como si fuésemos la broma de algún Dios.

—Sí, algo así.

—Entonces estamos de acuerdo.

—De acuerdo.

—Hasta luego.

—Hasta nunca.

La vida

Fue engendrado y no se dio cuenta. Nació sin percibirlo siquiera (apenas por aquella fuerte nalgada), creció sin saber que existía algo llamado la muerte. En la escuela un niño como él le dijo un día la verdad: la vida se acababa, tenía un fin. Y su madre, la única persona incapaz de mentirle, se lo confirmó.

Vivió como pudo. Conoció la alegría, el amor, el entusiasmo, y también el temor, la angustia y la tristeza. Pero no sabía el rango de estos sentimientos, aunque más adelante supo que era imposible el amor sin conocer el temor, ni la verdadera alegría sin saber lo que era estar abatido.

Luego se preparó para morir. Pasaron los años y, presintiendo ya cerca la muerte, no la aceptaba: la evitaba, le huía aunque la sabía inevitable. Le hizo resistencia hasta el último momento.

Pero murió.

Murió total, completamente. Luego, fue engendrado y no se dio cuenta.

Homenaje a Monterroso

Cuando el tiranosaurio rex despertó, el dinosaurio ya no estaba ahí.

Byblos

Érase un profesor que no podía vivir sin libros. Cuidaba, atesoraba, adoraba literalmente sus volúmenes. No tenía esposa ahora, los hijos estaban lejos, sus padres fallecidos. Su biblioteca lo era todo para él.

Una noche en que dormía sintió un olor extraño: era de humo, que salía de su biblioteca ardiendo, y el fuego amenazaba extenderse por el resto de la casa. Salió de ella huyendo, viendo cómo la biblioteca ardía y sintiendo gran goce, infinito placer pensando en cómo iría a rehacer su biblioteca.

Fobia

Un hombre prefería morir que esperar en clínicas u hospitales. Cuando enfermaba tenían que llevárselo con ataques de hospitalitis y atenderlo en casa.

El hombre extendió su hospitalitis a los médicos. Uno de ellos, amigo de confianza, le convenció de su mal, y poco a poco se dejó tratar su fobia. Fue remitido a un psicólogo, luego a un psiquiatra: todos oyeron sus insistentes relatos acerca de la angustia humana acumulada en pasillos, de todos los lamentos tragados por los lavamanos, de las lágrimas de dolor adheridas a tantas paredes, de las almas de los niños muertos que iban a dar a los depósitos, de los clamores inútiles de los descabezados, de los triturados, de los desahuciados de cáncer, de los fallecimientos de bellas jóvenes por infartos y de los imperdonables accidentes en los quirófanos.

Comenzó a padecer de una afección respiratoria que le impedía hablar bien, y cuando le examinaron hallaron un enfisema avanzado causado por el hábito de fumar.

Tenía entonces dos alternativas: morir a causa del cigarrillo o morir debido a su fobia por los hospitales.

Siguió fumando y salvó su vida.

El drama del escritor

Aparentemente, el drama de un escritor se revela cuando ya no tiene nada qué decir y continúa escribiendo, o cuando tiene mucho qué decir y no encuentra las palabras apropiadas para expresarse. Desde otro punto de vista, podría ser que el escritor escriba para ganarse la vida o tener éxito, y no ocurra ninguna de las dos cosas. Pero no. El verdadero drama del escritor se produce cuando pone punto final a su obra y se cerciora en ese mismo momento de que ésta no existe.

Marco Aurelio, enamorado

A causa de haberse enamorado tanto, de haber confiado tanto en el amor de las mujeres hacia él y en el que él les había profesado (sin que con ninguna de ellas hubiese conseguido una relación sincera o duradera), Marco Aurelio fue hundiéndose lentamente en el desamor. Se sumió primero en el escepticismo, luego en la indiferencia y finalmente en el vacío. El vacío le impedía valorar los nuevos mensajes amorosos que las mujeres intentaban dirigirle. Marco Aurelio veía en estos nuevos guiños e insinuaciones otras maneras de fracasar en el amor, nuevos caminos que lo conducirían inevitablemente al sufrimiento. La posibilidad de un nuevo dolor le hacía experimentar resquemor y resentimiento, el cual se iría convirtiendo en rabia, y la rabia en un odio seguro hacia el amor.

Cuando en efecto Marco Aurelio se percató de que podía estar odiando el amor, pensó que lo mejor sería aislarse de la ciudad y vivir en una finca, con una servidumbre de campesinos, compuesta por gente sencilla, y rodeado de animales domésticos y plantas: perros, gatos, pájaros, árboles, flores y un río compondrían una vida pacífica y sin sobresaltos. Lo pensó así y lo hizo.

Se fue al campo a vivir en su finca. Pero nada mejoró en su vida. Se entregó entonces a la oración, a practicar la fe cristiana y a ejercer la bondad hacia la gente humilde y necesitada, donde encontró nuevas formas del amor. Dios y la gente buena le ofrecieron nuevas vías de experimentar sus sentimientos: la fe, la esperanza y la ilusión ingenua lo habían llenado de un bienestar extraordinario.

Se hallaba Marco Aurelio experimentando estos discretos placeres, cuando de pronto volvió a enamorarse. No fue de sí mismo, como Narciso, ni de otro hombre, como era perfectamente posible, sino de una anciana bellísima que había comenzado a sentarse todos los días a las puertas de su finca a dar maíz a las gallinas, palomas, tórtolas y otros pájaros que por allí merodeaban. Poco a poco, Marco Aurelio fue acercándose a aquella anciana apacible, con una mezcla de respeto y temor, y finalmente le confesó su amor.

La anciana le correspondió inmediatamente. Ella albergaba toda la dulzura que Marco Aurelio había estado buscando.

Salieron una tarde a dar un paseo. Dos de los trabajadores de la finca los vieron salir por un camino bordeado de flores que conducía al río. Pero ni esos campesinos ni los otros trabajadores de la finca, ni los animales, ni nadie, los vieron regresar de allá nunca más.

Testamento invisible

Ayer, antes de llevar a cabo mi decisión final, paseé largo rato por el jardín a ver y oler las flores, miré las nubes y el cielo, acaricié al perro, pasé la mano por la madera húmeda de la puerta, luego la abrí y anduve un rato por la sala y el comedor, entré a los cuartos, después a la cocina (donde paladeé un vino), luego salí por un momento con el único fin de saludar a mis vecinos. Era de noche cuando entré de nuevo a la casa; caminé hasta la biblioteca y allí me senté en mi sillón, con intenciones de hacer mi lectura definitiva.

Tomé un libro —el único que había permanecido en mi biblioteca sin ser leído nunca, y yo no lo sabía— y lo abrí: sus páginas se borraban a medida que las hojeaba. Me pareció extraño, así que lo cerré y esperé un momento antes de volverlo a abrir. Esta vez lo hice con más cuidado y, justo entonces, en sus páginas comenzaron a aparecer palabras que narraban mi vida anodina, donde el único suceso relevante era la circunstancia de mi fallecimiento justo en el instante de abrir aquel libro en medio de aquella noche en que el tedio me asediaba hasta el límite del agobio, y no me dejaba otra salida que entrar y disolverme dentro de sus palabras recién escritas, cerrarlo muy lentamente y de este modo ir desapareciendo, plácida y totalmente, para siempre.

Testamento nihilista

Si no sabemos de dónde venimos; si aún conociendo nuestro pasado no logramos descifrar el presente; si aún viviendo el presente no podemos planificar totalmente lo que vendrá; entonces mucho menos podemos saber nada sobre adónde vamos después de morir. Es inútil pensar. Todo es imposible. A lo sumo podemos imaginar, hacer o edificar algunas cosas en el mundo para no perdernos antes de tiempo, o para resistir al tiempo. Lo demás son divagaciones. La única salida que tenemos es hacernos seres humanos, sin tener que sacrificarnos conscientemente por nada. Olvidar, dejar pasar, perdonar, tomar distancia. Lo demás son esfuerzos inútiles. Las grandes ideas no existen. Apenas articulamos algunos gestos y decidimos algunas actuaciones para evitar mayores tragedias, para estar alertas, en guardia permanente, hasta que llegue el día final. Para ello inventamos dioses, patrias, familias, territorios trascendentes o sublimes, como el amor, la amistad, el arte o la fe, donde nos refugiamos para mitigar la desesperación o el abandono. En fin, todo lo hacemos para aliviarnos un poco.

Y nada más.

La novela de Borges

Borges perdió la vista el día en que decidió escribir una novela, y no se detuvo hasta concluirla. La novela no le gustó porque a medida que avanzaba aparecían en el texto muchas imágenes que él no podía ver claramente, con las cuales quedaba más y más ciego, y después de cada capítulo que concluía le dolía la cabeza. De modo que la hizo pedazos. Aprendió así a odiar la novela y a escribir poesía y cuentos para vengarse y recuperar su salud.

Adán y Eva

«Te deseo con todas las fuerzas de mi alma», le dijo Adán a su costilla, y pasó a devorarla después de haberla asado bien a la parrilla.

El hombre de la casa sola

Va y viene todo el día de una esquina a otra de la cuadra donde está situada su casa, pasa por la ventana y mira hacia dentro para espiar los movimientos de sus seres queridos, que han muerto ya hace bastantes años. Por ello mismo es, quizá, que todavía no se ha vuelto completamente loco.

El manuscrito

Se trata de la historia de mi último trabajo literario, que me vi obligado a narrar a otra persona. Ésta es la transcripción.

En los últimos meses, he venido siendo perseguido por un viejo manuscrito mío que no logré nunca descifrar. Contiene mi caligrafía y el producto borroso de un texto que intenté alguna vez escribir, pero por más que me empeñaba no lograba dominar sus palabras; andaba todo el día extraviado entre mis carpetas o dando vueltas por el escritorio. Un día por fin decido hacerlo trizas y arrojarlo al tacho de la basura. De pronto entra una fuerte ráfaga de brisa por la ventana y mueve varios objetos, incluyendo el recipiente de basura, cuyo contenido sale despedido por el piso. Veo cómo los pedazos del manuscrito van dando vueltas y vuelven a armarse en un rincón. Me acerco y veo con horror el mismo manuscrito indescifrable. Lo tomo del suelo por un borde y procedo inmediatamente a prenderle fuego con un fósforo, para luego arrojarlo por la ventana del estudio.

Veo los trozos de papel quemado volar un momento por el aire, y después conformar un pequeño remolino que va a detenerse en el tronco de un árbol en el jardín cercano; luego trepa por una rama del árbol y queda adherido a ella como una hoja; no es una hoja verde como las demás sino una hoja blanca, que se desprende del árbol y va por el aire hasta que vuelve a entrar por mi ventana, para ir a dar finalmente al escritorio.

Evidentemente se trata de una maldición. Coloco sobre la hoja una cruz y rezo un Padrenuestro. La hoja se va volviendo gris lentamente hasta llegar a un tono de carbón brillante, una hoja tétrica y horrible que no tengo el valor de tocar. Paso el día sin atreverme a confesarle a nadie aquella situación inverosímil; no me expondré a que me crean loco, ni a volverme loco yo. He salido a la calle, he tomado un autobús y me he ido a otra parte de la ciudad, donde me he reunido con mis amigos a almorzar y a conversar, sin pensar siquiera en comentarles el suceso. Espero que se haga de noche para regresar.

Con miedo, con estupor, sudando, subo las escaleras del edificio y abro la puerta del departamento. Voy al lavamanos y refresco mi rostro. Bebo un vaso de agua y luego finalmente entro a mi estudio. Ahí está la hoja, quieta. Esta vez no es negra ni contiene el manuscrito indescifrable. Es una página en blanco, que tampoco me atrevo a tocar.

Llamo por teléfono a la señora de servicio para que venga a hacer el aseo de mi departamento. Le ruego que por favor empiece por limpiar el estudio y se deshaga de varias cosas allí, incluyendo la página en cuestión, por supuesto. Doña Matilde toma la hoja con su mano fuerte y regordeta y la aprieta hasta hacerla una bola compacta, que deposita luego en una bolsa de basura. Al fin ha acabado la pesadilla. Mi vida comienza de nuevo. Abro las ventanas, pongo música, me recuesto en la cama a descansar. Respiro hondo y duermo un rato. El día está radiante.

Me dirijo al escritorio y me dispongo a proseguir con mi trabajo, con mi oficio de cuentista. Saco la libreta de una de las gavetas, lo abro y cuando me decido a continuar mi relato, caigo en cuenta de que las palabras que llevaba escritas allí han desaparecido, que tampoco ahora puedo anotar nada en él, acaso nunca más pueda registrar con precisión la historia de aquel manuscrito que segó mi carrera de escritor, y terminó convirtiéndose en este torpe y último relato oral.

Diálogo postrero entre Sancho Panza y Alonso Quijano, oído por el autor del *Quijote*

Cide Hamete, autor de *El ingenioso hidalgo don Quijote de la Mancha*, escribió un diálogo para este libro que hasta ahora no se había dado a conocer, y es dado hoy a la luz con la intención de agregarlo a la célebre obra, y así todas las villas y lugares de la Mancha, de España y del mundo compitan entre sí por divulgar y hacer suyas su fama y su memoria. Dicho episodio comienza cuando Sancho Panza se encuentra ahogado en mares de llanto, viendo a don Alonso Quijano postrado en su lecho, pocas horas antes de morir.

En una de esas pausas de llanto en que Sancho fue a procurarse un poco de vino para mitigar su sed, don Alonso sorpresivamente se inclinó, vio a Sancho y le hizo señas de que se acercase a su lecho. Sancho, ni corto ni perezoso, se acercó a su amo; aquél le tomó de un brazo y con una sonrisa pícara le susurró al oído:

—Sancho, de haber nacido otra vez, ¿quién habrías querido ser?

—¿Yo... mi señor?

—Sí, Sancho, dime quién.

—Pues usted, mi señor, en otra vida me gustaría ser usted y cabalgar por los campos de Castilla y de España junto a Sansón Carrasco y Sancho Panza.

—¿Estás hablando en serio, Sancho, o de nuevo estás diciendo disparates?

—No, mi señor Alonso Quijano, ya que usted recuperó la cordura y ahora se arrepiente de sus locuras, yo le digo que si mi Dios Jesucristo me permitiera nacer otra vez, me gustaría ser don Quijote de la Mancha y volver a recorrer los caminos del mundo y ganar batallas y los amores de bellas mujeres. Y usted, señor mío, si a usted le dieran la oportunidad de vivir su vida otra vez, ¿quién le hubiera gustado ser?

—Pues tú, Sancho, me hubiera gustado ser Sancho Panza, un buen hombre que se atrevió a creer en la locura de otro hombre porque sí, sin más esperanza y herencia que ser gobernador de una isla que no existe.

—Pues entonces estamos a mano, amo y señor mío, nuestras vidas están cumplidas y nuestros destinos realizados, creo yo.

—Así es, Sancho, así lo quiso nuestro señor Jesucristo, que es grande y sabio.

Alonso Quijano dijo esto y después expiró. Sancho tomó el brazo de su amo —que había permanecido hacía pocos segundos temblando sobre su hombro— y lo colocó suavemente en el pecho exánime de don Alonso.

Cide Hamete, el escritor, y el bachiller Sansón Carrasco los contemplaban a ambos cuando esto tuvo lugar; ellos fueron únicos testigos de las postreras palabras que cruzaron Sancho Panza y Alonso Quijano. Entre Hamete y Carrasco hubo el acuerdo tácito de que tales palabras debían ser insertadas en la novela, pero por algún desconocido percance el diálogo no pudo ser incluido en la edición que el impresor Juan de la Cuesta hizo de *El ingenioso hidalgo don Quijote de la Mancha* en 1615.

Mientras se dirigían a hacer los preparativos para dar cristiana sepultura a don Alonso, Sansón Carrasco preguntó a Cide Hamete Berengeli cuál de los tantos personajes que había creado la febril imaginación del Quijote, y que él había recogido en su pluma, le habría gustado ser.

—Me habría gustado ser el Caballero de los Espejos, que es justamente el personaje que tú creaste disfrazándote, para divertirte y darle más vida a don Quijote, ése es un invento genial, te lo aseguro. Por ello te doy las gracias. Fue el único caballero que logró vencer en batalla limpia a don Quijote. Y usted; Sansón, ¿quién le habría gustado ser de entre todas esas fantásticas aventuras imaginadas por don Quijote?

—Pues le digo con toda sinceridad que más bien me hubiera gustado ser un escritor diestro como usted, maestro Hamete, con tanta facilidad para manejar esa pluma, la misma que parecía decir «para mí sola nació don Quijote, y yo para él; él supo obrar y yo escribir; solos los dos somos para en uno, a despecho y pesar del escritor fingido».

—Le agradezco mucho su elogio, bachiller, pero me parece que otorga usted más honores a esa pluma que a mi persona —replicó Cide Hamete, sonriendo apenas y al unísono con el bachiller Carrasco, mientras se encaminaban ambos a contribuir con los arreglos del sepelio. Hamete recogió estos hechos y palabras postreros y los mantuvo largo tiempo consigo, atesorados en un manuscrito de pergamino. El mencionado manuscrito fue hallado hace poco en el anaquel de una vieja posada de Madrid, donde un tal Miguel de Cervantes solía pasar largas horas descansando o escribiendo, por aquel año de 1615.

Índice